3
可以的話，請大家先讀過《怪傑佐羅力之打敗噴火龍》，再來讀這本續集，我想會更有趣。
怪傑佐羅力之打敗噴火龍
這本書裡最令人感
就是雖然
「怪傑佐
但是主角
變身成怪傑佐羅力喔。
，
你們看，我們那時的鬍鬚超濃密的。
希望你們能看看我們在這本書的表現。
不過，
4
如果有人已經迫不及待想要馬上翻開《怪傑佐羅力之打敗噴火龍2》，請你們別忍耐了，快讀吧。
只是，如果有時間的話……
也請讀一讀《怪傑佐羅力之打敗噴火龍》，這樣能夠解開一些閱讀續集時發現的謎團，我認為這樣搭配著看，可能也挺好玩的。
怪傑佐羅力之打敗噴火龍
怪傑佐羅力之打敗噴火龍2

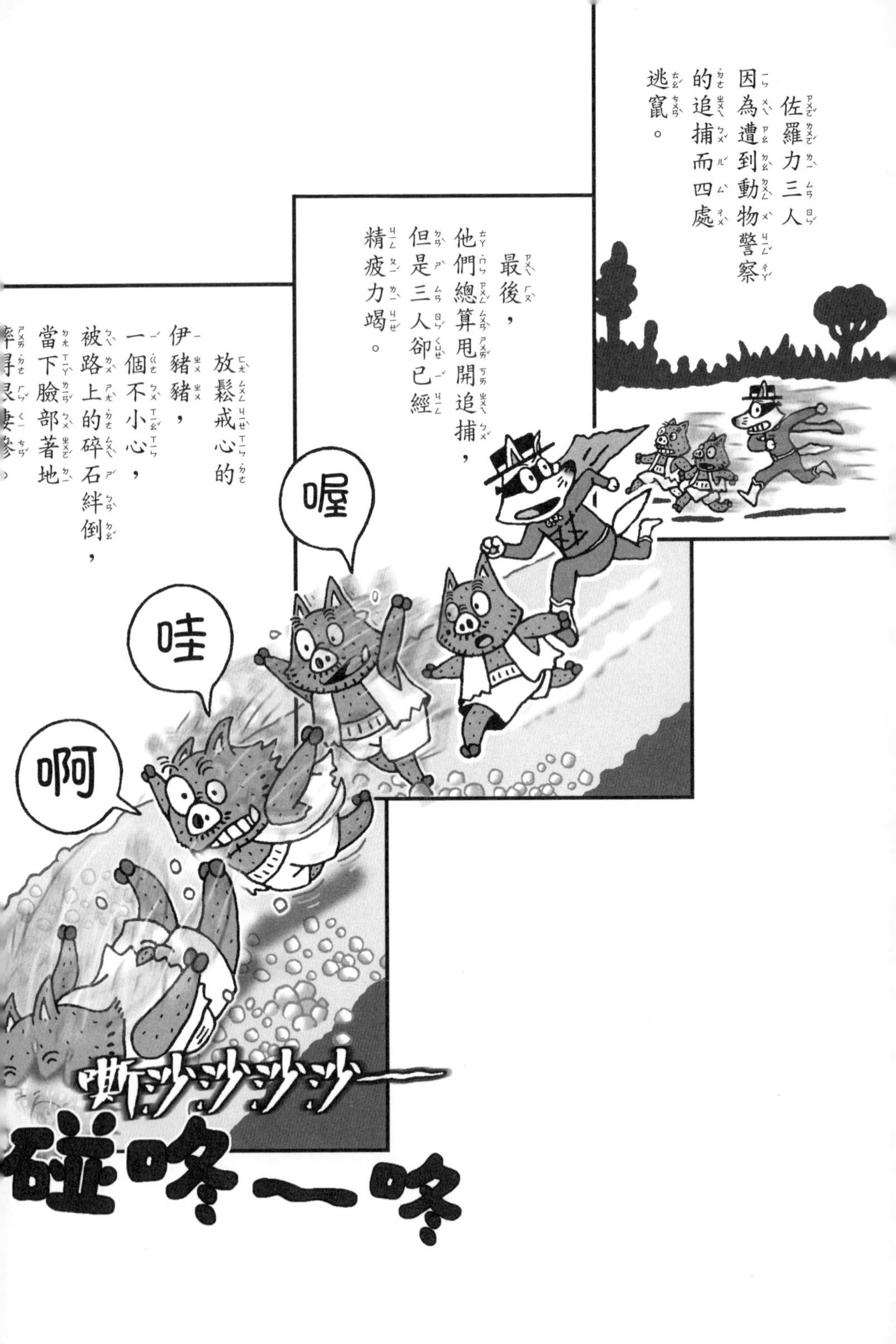
佐羅力三人因為遭到動物警察的追捕而四處逃竄。
最後，他們總算甩開追捕，但是三人卻已經精疲力竭。
喔
放鬆戒心的伊豬豬，一個不小心，被路上的碎石絆倒，當下臉部著地摔得很淒慘。
哇
啊
嘶沙沙沙沙——
碰咚—咚

怪傑佐羅力之打敗噴火龍2

文·圖 **原裕**　譯 周姚萍

佐羅力和魯豬豬，連忙跑過去，扶起伊豬豬——
這一跤摔得真慘哪。
伊豬豬的鼻子嚴重擦傷，鼻血流個不停、止不住。
伊豬豬～
嗚——襖動（好痛）喔——
正當伊豬豬放聲大哭的時候——

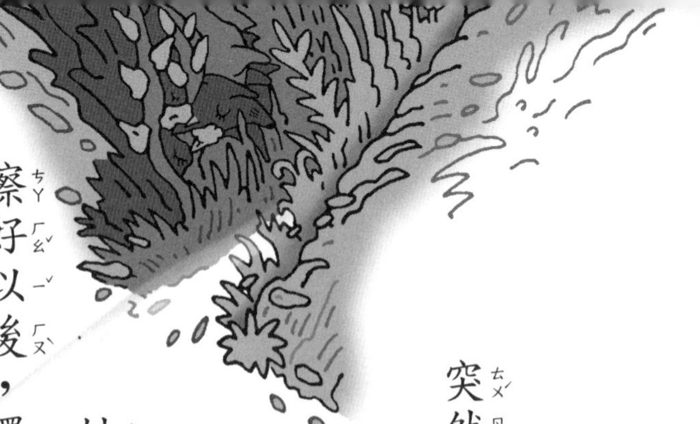

突然，一位抱著醫藥箱的小女孩從附近的森林跑出來，來到他們面前問：

「你還好嗎？」

她幫伊豬豬在受傷的鼻子上擦藥，擦好以後，還貼了OK繃。

「不痛了耶，這個藥好有效，謝謝你。」

伊豬豬向小女孩道謝，小女孩說：

「不客氣。你們好，我叫瑪莎，
我正在尋找我的哥哥阿爾薩爾。」
瑪莎拿出照片給他們三人看。
「他像你一樣受到噴火龍攻擊，
希望他沒有受傷。」
瑪莎露出擔心的表情。
「你說噴、噴火龍？」
佐羅力他們聽了很吃驚——

「對啊，聽說有一隻噴火龍在這附近的田地作亂，我想你們應該也是受到牠的攻擊吧。」

「這位小姐，我叫做佐羅力，我曾經製造過噴火龍，但你所說的情形，是童話故事裡才會發生的吧？」

「就是啊，當時操控那隻噴火龍的就是我們。在下是伊豬豬。」

「還有我，魯豬豬。」
「真的好令人懷念啊。」
正當三人回憶起過去，
臉上露出微笑時，
一陣美味的食物香氣
飄了過來。
肚子早已餓扁的三人，
猛吸著香氣跑了過去，
而那個傳來香氣的地方——

那裡有一位鬥牛犬爺爺，他正跌跪在大鍋子前，痛哭失聲。
嗚哇——哇
嘿，您怎麼了？
喔，雖然我不知道你們是誰，又是從哪兒來的，但是，請你們聽我細說分明。我叫做布朗。過去在鎮上做生意，卻遇上了很可怕的事，
不得已，只好結束營業。然而，從此之後不管我做什麼事，結果都不太順利，

後來，我搬到鄉下，拿起鋤頭耕作。我心想，像蘿蔔、馬鈴薯等，這些蔬菜都很適合做成我最愛的料理，
於是，我決定試著自己種種看。就這樣，
我花了很多年的時間不斷研究改良，歷經了無數次失敗，
我的努力總算是有了結果，成就了今天這鍋美味的湯。
三個人一起朝著送到眼前的大鍋子探頭一看——

鍋子裡，滿滿都是吸飽湯汁、燉煮得十分入味的蘿蔔和馬鈴薯關東煮。

就是這鍋料理散發的香氣，將三人吸引到這裡來。

「看起來好好吃啊。」

「受不了啦。」

「拜託讓我們嘗一嘗。」

「啊，愛吃多少就吃多少吧。」

聽到布朗這個回答，三個人立刻將腦袋伸入鍋內，

在轉瞬之間就把關東煮全吃光光，

連湯汁都舔得一滴不剩。

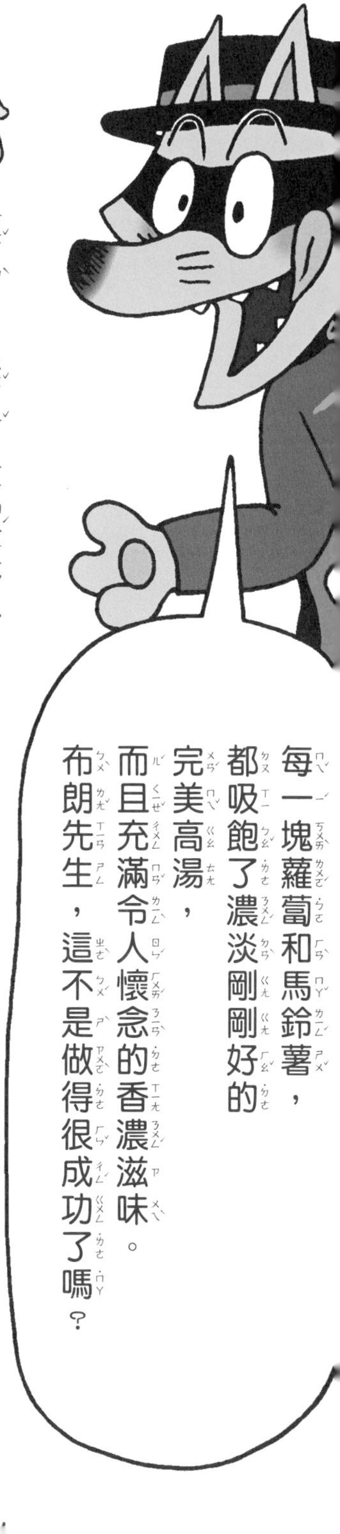
每一塊蘿蔔和馬鈴薯，
都吸飽了濃淡剛剛好的
完美高湯，
而且充滿令人懷念的香濃滋味。
布朗先生，這不是做得很成功了嗎？

「可是，我已經沒心思再繼續做下去了。」

「咦？為什麼？」

佐羅力驚訝的問，而布朗沒回答，他只是默默帶著三人，往後面的菜園走去。

到了菜園，
那兒到處都是破碎斷裂的蘿蔔
和傷痕累累的馬鈴薯，
四散滾落一地。
「這、這也太慘了吧。」
看到菜園被蹂躪成這個樣子，
大家都忍不住難過了起來。

有一隻噴火龍
從天空降落，

牠踢壞了菜園周圍的荊棘籬笆，之後就在我的菜園裡瘋狂作亂。我都這把年紀了，根本沒有力氣再將菜園恢復原狀。
你們看，真的有噴火龍吧。
好，為了答謝布朗招待我們吃大餐，本大爺保證將噴火龍打敗，讓他再也沒辦法到菜園胡作非為！

正當佐羅力發出這樣的宣告時，

一隻巨大的噴火龍，在空中現身了。

佐羅力他們驚訝得瞪大雙眼，這時，一位手持寶劍的少年飛奔到噴火龍的腳下。

瑪莎不禁大聲向少年呼喊。

但是，噴火龍的大腳，毫不留情的向阿爾薩爾踩下去，眼看他就要來不及逃了。

這時，佐羅力拿起關東煮的大鍋子罩在頭上，朝著身陷險境的阿爾薩爾飛奔過去。

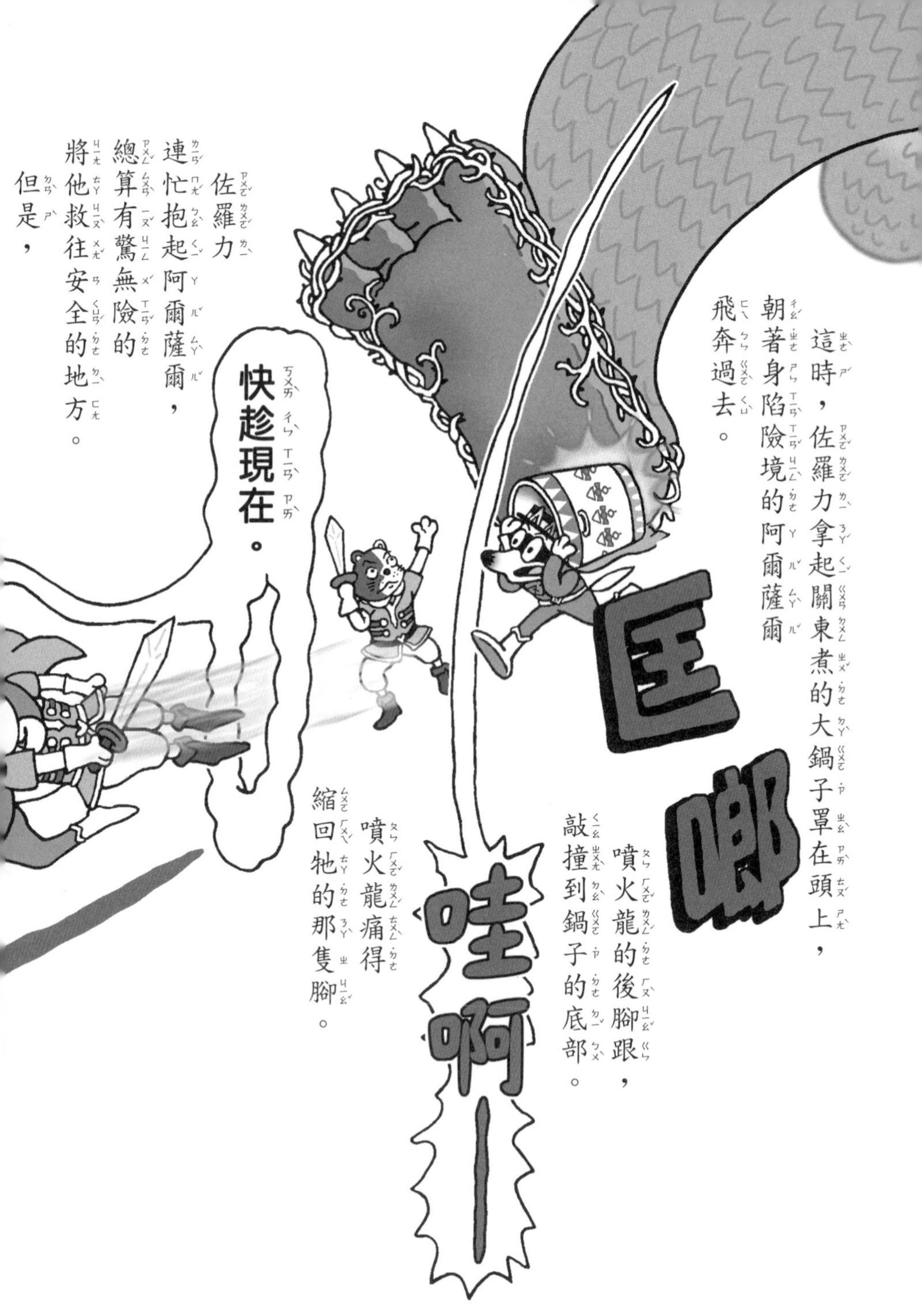

噴火龍的後腳跟，敲撞到鍋子的底部。

噴火龍痛得縮回牠的那隻腳。

佐羅力連忙抱起阿爾薩爾，總算有驚無險的將他救往安全的地方。但是，哼——我要再試一次！

阿爾薩爾卻想再次跑過去挑戰噴火龍。佐羅力只能連忙使勁想盡辦法阻止他。

請你放開我，不管怎樣，我今天都非得要打敗這隻噴火龍不可。

佐羅力看到阿爾薩爾的眼神如此堅定，忍不住問他到底為什麼要這麼做。

我的爸爸以前打敗了噴火龍
才能當上國王，
他也因此成爲人們口耳相傳的英雄。
我沒有自信能夠像他一樣，
追隨他的腳步，
成爲一個偉大的國王。

所以，當我聽到噴火龍現身的消息，
心想，如果我也能擊敗噴火龍，
就一定能夠因此受到肯定，
成爲像爸爸一樣的
好國王。
所以，我絕對不能
錯失這個機會。

回想起來，佐羅力之所以會踏上旅程，也是想要靠自己的力量，蓋一座比他父親建造的佐羅力城更加雄偉的城堡，好獲得媽媽的讚許與認同。對孩子而言，想要與父親並駕齊驅，甚至超越父親，佐羅力非常能深切體會阿爾薩爾的這種心情。

好，那就由我來助你一臂之力吧。既然如此，

想要擊敗噴火龍，就一定得準備好武器和裝備，否則不會有勝算。
阿爾薩爾，你可真是走運啊，你眼前這位佐羅力大師過去就製作過不少用來打敗噴火龍的武器和盔甲。
佐羅力大師，您是曾經擊退噴火龍的大前輩，那您也就是我的老師嘍。請您務必為我製作可以對付噴火龍的武器和盔甲，好嗎？

阿爾薩爾的一雙眼睛，閃閃發亮。

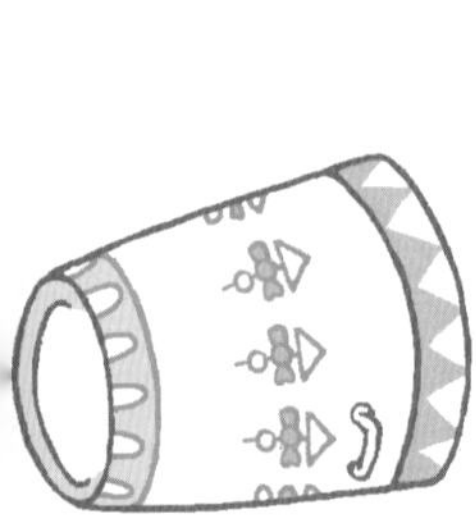

「真遺憾，我到處都沒看到能夠用來製作武器的材料。」

正當佐羅力這麼喃喃自語的時候，布朗立刻指著工具間說：

「那裡面的工具，隨你們愛怎麼用都行，反正我已經決定不再務農了。」

「真是感激不盡。」

佐羅力打開工具間的門一看，不禁發出大叫。

太好了，只要從這裡面找到足夠的材料，就能夠製作出各種武器和裝備。
佐羅力試著回想他在《打敗噴火龍》時，所製作的武器和裝備。然而，
不管是這個，還是那個，都沒一個管用的。
木板盾牌 860元
軟綿綿寶刀 2385元

然而現在不同了。
他們必須想出能夠與
噴火龍對決的
有用武器和裝備才行。
三個人絞盡腦汁，
總算製作出以下這些武器
和裝備。

這也是理所當然的。
因為當時佐羅力就是為了
強迫對手亞瑟購買，而做出了
冒牌的武器和裝備。

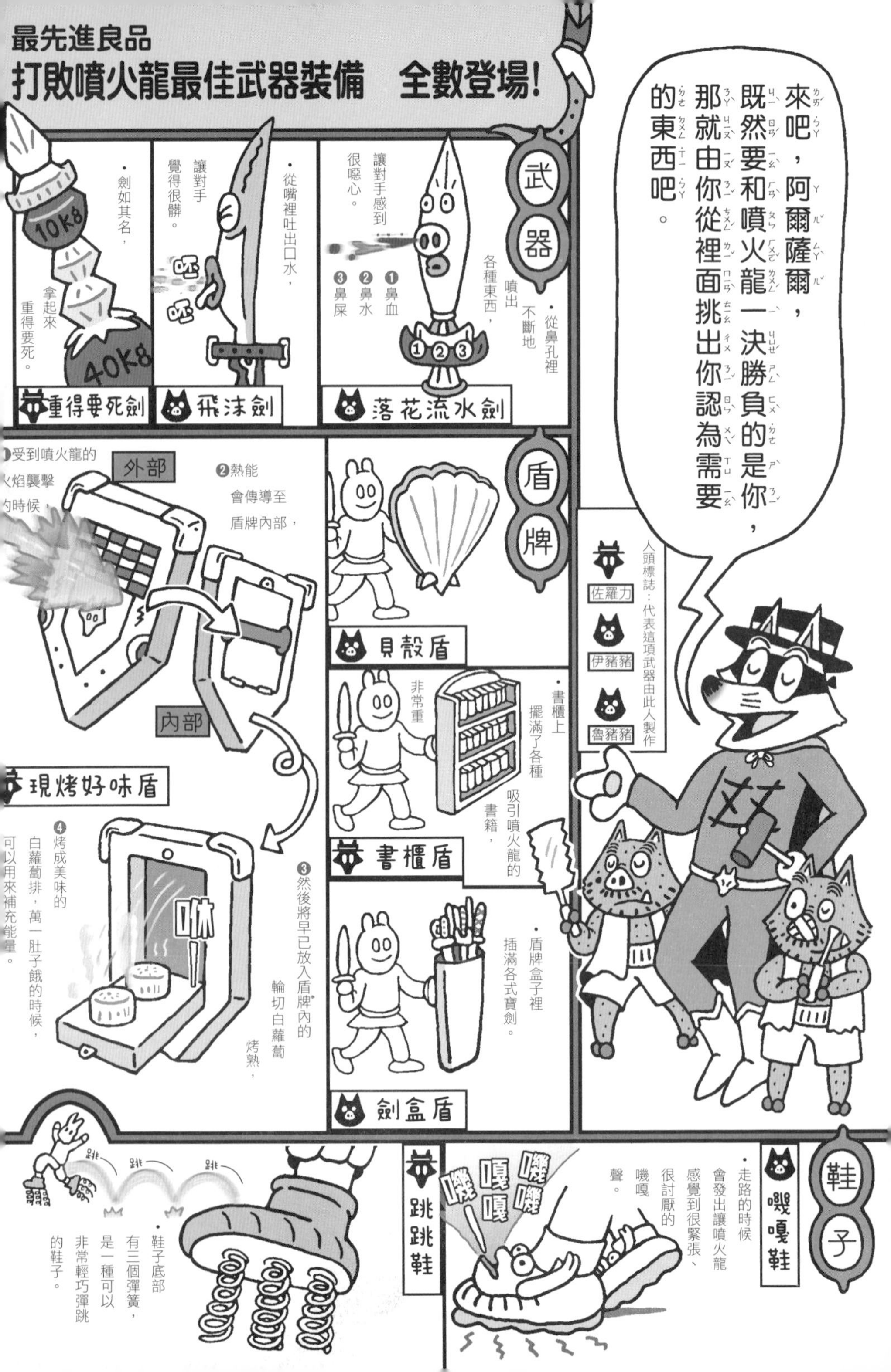
最先進良品
打敗噴火龍最佳武器裝備　全數登場！
來吧，阿爾薩爾，既然要和噴火龍一決勝負的是你，那就由你從裡面挑出你認為需要的東西吧。
人頭標誌：代表這項武器由此人製作
佐羅力
伊豬豬
魯豬豬
武器
・從鼻孔裡不斷地噴出各種東西，讓對手感到很噁心。
❶鼻血
❷鼻水
❸鼻屎
落花流水劍
・從嘴裡吐出口水，讓對手覺得很髒。
呸
呸
飛沫劍
・劍如其名，拿起來重得要死。
10KG
40KG
重得要死劍
盾牌
貝殼盾
・書櫃上擺滿了各種吸引噴火龍的書籍，非常重
書櫃盾
・盾牌盒子裡插滿各式寶劍。
劍盒盾
❶受到噴火龍的火焰襲擊的時候，
外部
❷熱能會傳導至盾牌內部，
內部
❸然後將早已放入盾牌內的輪切白蘿蔔烤熟，
❹烤成美味的白蘿蔔排，萬一肚子餓的時候，可以用來補充能量。
咻
現烤好味盾
鞋子
・走路的時候會發出讓噴火龍感覺到很緊張、很討厭的嘰嘎聲。
嘰嘎鞋
嘰嘰
嘎嘎
嘰
・鞋子底部有三個彈簧，是一種可以非常輕巧彈跳的鞋子。
跳
跳
跳
跳跳鞋

聽到佐羅力這麼說，
阿爾薩爾就將那些他心底
選定好的裝備穿戴上身。

那麼，我要出發嘍，佐羅力老師。

當他精神百倍的
準備出發時，
卻被佐羅力按住肩膀。

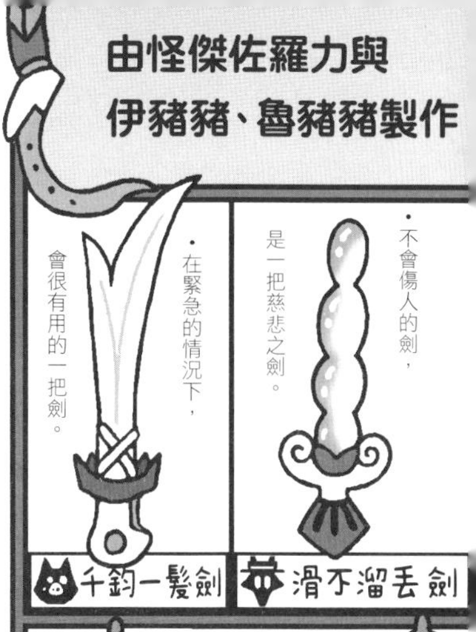
由怪傑佐羅力與伊豬豬、魯豬豬製作
・不會傷人的劍，是一把慈悲之劍。
滑不溜丟劍
・在緊急的情況下，會很有用的一把劍。
千鈞一髮劍

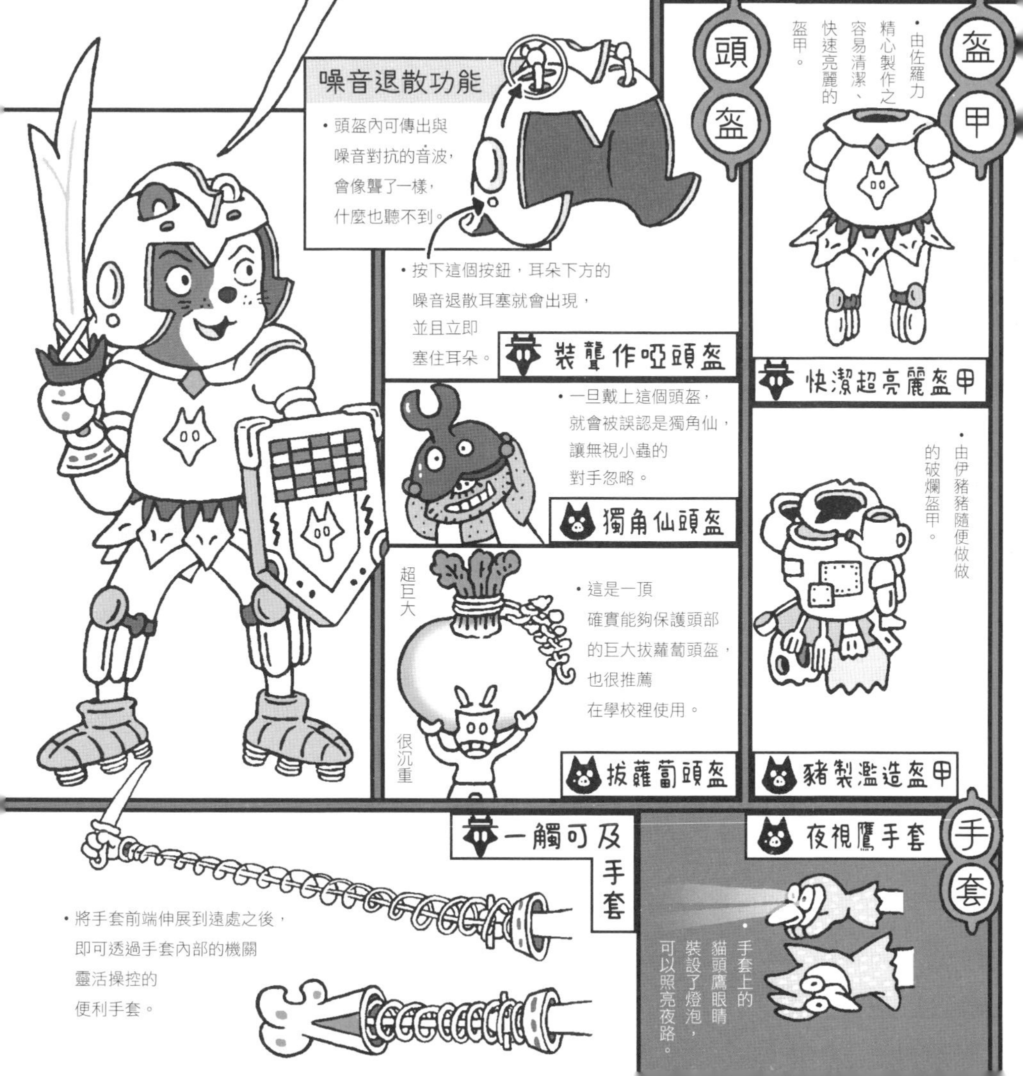
盔甲
・由佐羅力精心製作之容易清潔、快速亮麗的盔甲。
快潔超亮麗盔甲
頭盔
噪音退散功能
・頭盔內可傳出與噪音對抗的音波，會像聾了一樣，什麼也聽不到。
・按下這個按鈕，耳朵下方的噪音退散耳塞就會出現，並且立即塞住耳朵。
裝聾作啞頭盔
・一旦戴上這個頭盔，就會被誤認是獨角仙，讓無視小蟲的對手忽略。
獨角仙頭盔
・由伊豬豬隨便做做的破爛盔甲。
豬製濫造盔甲
超巨大
很沉重
・這是一頂確實能夠保護頭部的巨大拔蘿蔔頭盔，也很推薦在學校裡使用。
拔蘿蔔頭盔
手套
一觸可及手套
・將手套前端伸展到遠處之後，即可透過手套內部的機關靈活操控的便利手套。
夜視鷹手套
・手套上的貓頭鷹眼睛裝設了燈泡，可以照亮夜路。

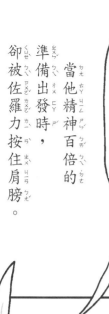

嘿，記得，在戰鬥之前
首先要仔細了解對方的狀況，
這件事很重要喔。

阿爾薩爾聽從

佐羅力老師給他的忠告，

試著從工具間的窗戶望出去，

觀察噴火龍。

他發現每當噴火龍的腳一碰到地面，

就會慘叫一聲，跌倒在地，

然後忽左忽右亂滾亂撞。

要是在這時莽莽撞撞的靠近牠，

應該會被牠踩扁吧。

阿爾薩爾完全抓不到適合出征的時機。

幸好，他等待了好一陣子之後，機會終於降臨。

精疲力竭的噴火龍一屁股坐在地上。

「佐羅力老師，就是現在。」

阿爾薩爾舉著劍，正想飛奔而出時，

「等一等！」

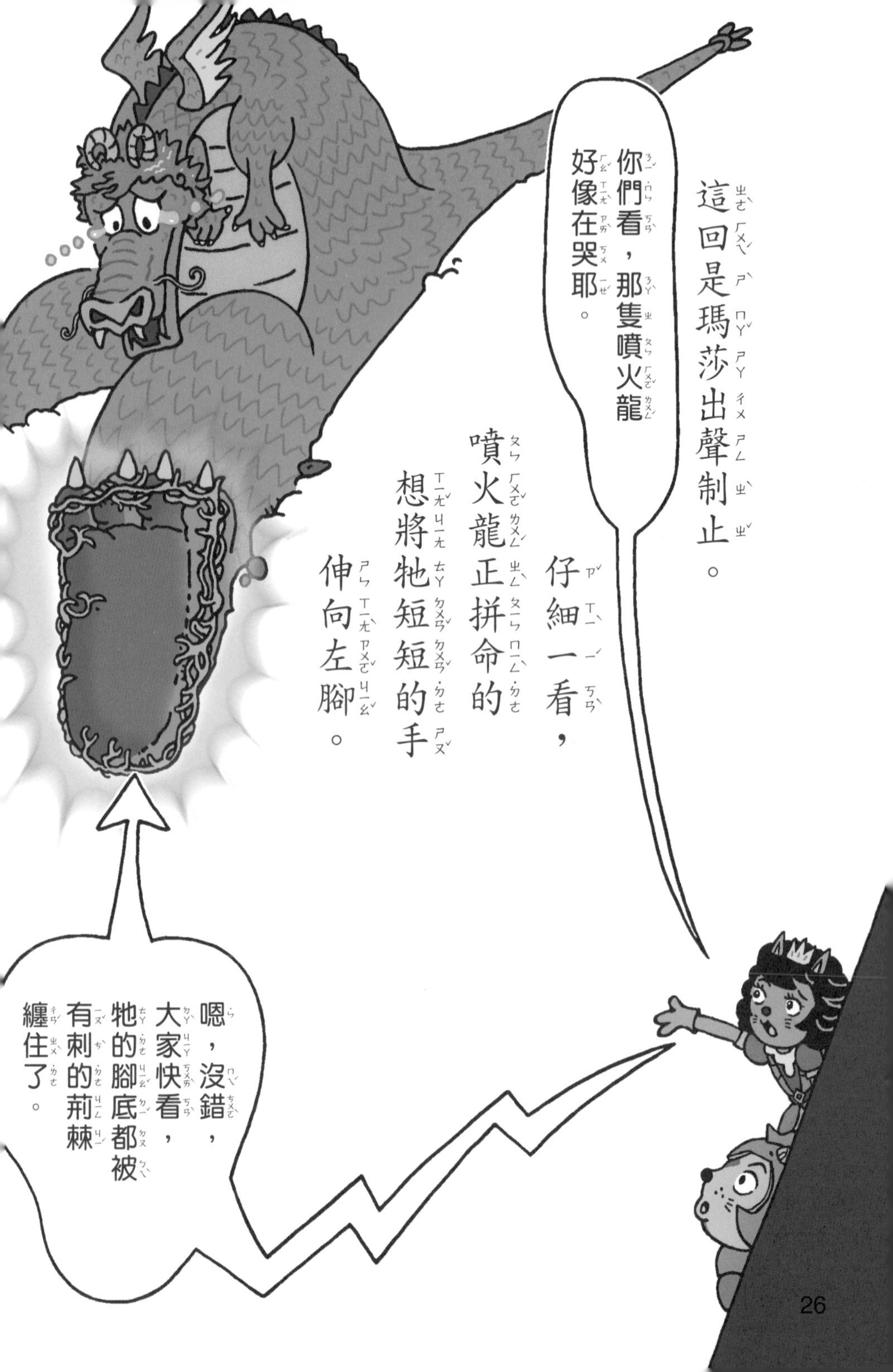
你們看，那隻噴火龍好像在哭耶。
嗯，沒錯，大家快看，牠的腳底都被有刺的荊棘纏住了。

這回是瑪莎出聲制止。

仔細一看，噴火龍正拼命的想將牠短短的手伸向左腳。

因此，噴火龍一跨步走路，荊棘就會刺入牠的腳底，所以才會痛得亂滾亂翻。

「看來，之前本大爺衝過去救阿爾薩爾的時候，就是因為我戴在頭上的鍋子碰到噴火龍腳上的荊棘，牠才會痛得把腳縮回去呀。」

阿爾薩爾正準備衝出門去，

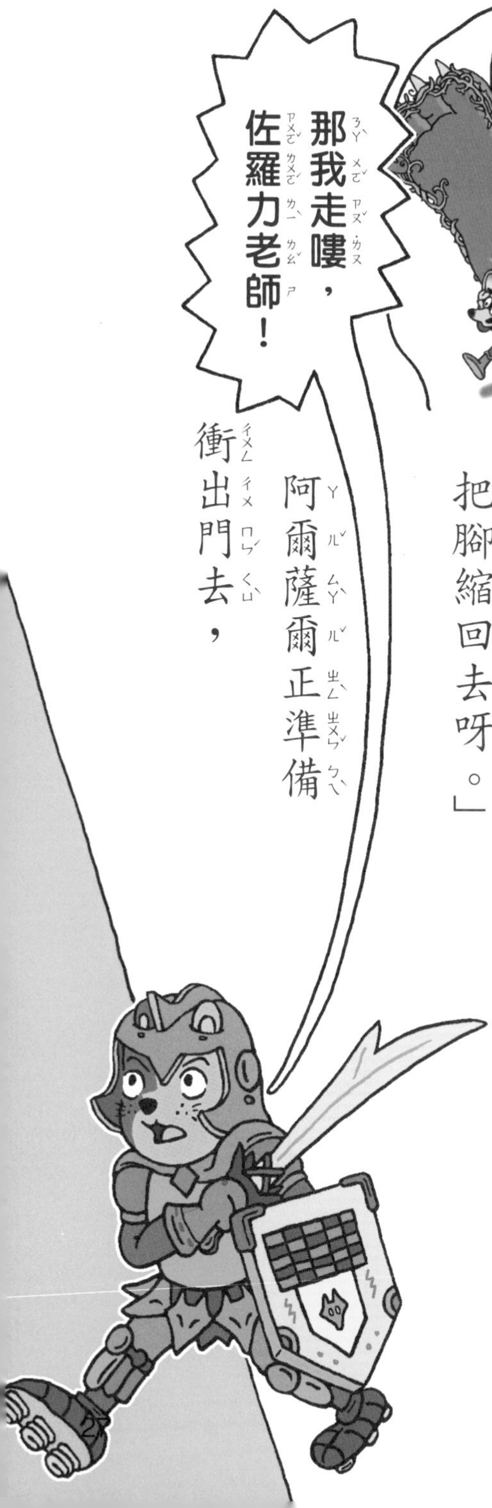

他卻被雙手大大張開的佐羅力擋住了去路。

「打倒弱者並不是一位英雄應有的行為。在這樣的時刻，真正的英雄難道不是應該先幫牠把荊棘弄下來嗎？」

「沒錯，哥哥，噴火龍不是故意來田裡搗亂的，他是因為很痛才會那樣做。

我們應該幫助牠。」
如果他們能趁著噴火龍還靜靜坐著的時刻，集結眾人之力，說不定能夠將荊棘取下來。

於是，佐羅力他們決定暫時先返回工具間，製作取下荊棘的用具。

阿爾薩爾才一走進工具間，就找到鐵耙，靈光一閃的說：
我們用這個勾住荊棘再往下拉，是不是就能拔下荊棘了？
好主意。不過想要搆到噴火龍的那隻大腳，這樣的長度太短了。如果能夠將鐵耙加長，再加上我們同心協力，應該做得到！
根據佐羅力的想法，

大家一起將長棍綁在鐵耙上把柄加長，
製作成一把又一把的長柄鐵耙。

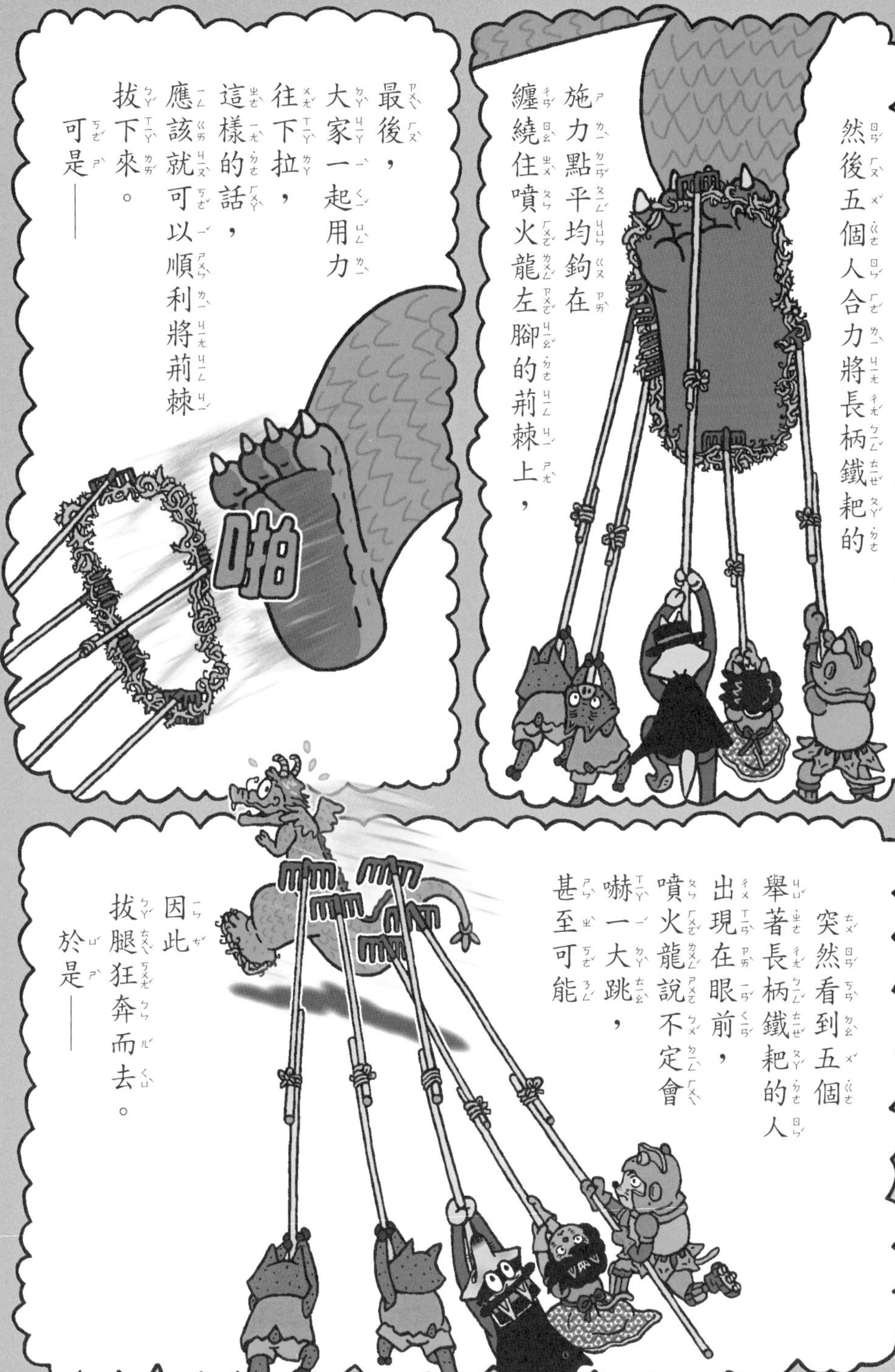
然後五個人合力將長柄鐵耙的
施力點平均鉤在
纏繞住噴火龍左腳的荊棘上，
最後，
大家一起用力
往下拉，
這樣的話，
應該就可以順利將荊棘
拔下來。
可是——
啪
突然看到五個
舉著長柄鐵耙的人
出現在眼前，
噴火龍說不定會
嚇一大跳，
甚至可能
因此
拔腿狂奔而去。
於是——

五個人一起往外走，他們一邊留意噴火龍的狀況，一邊思考著怎麼樣才能暫時限制住噴火龍的行動。

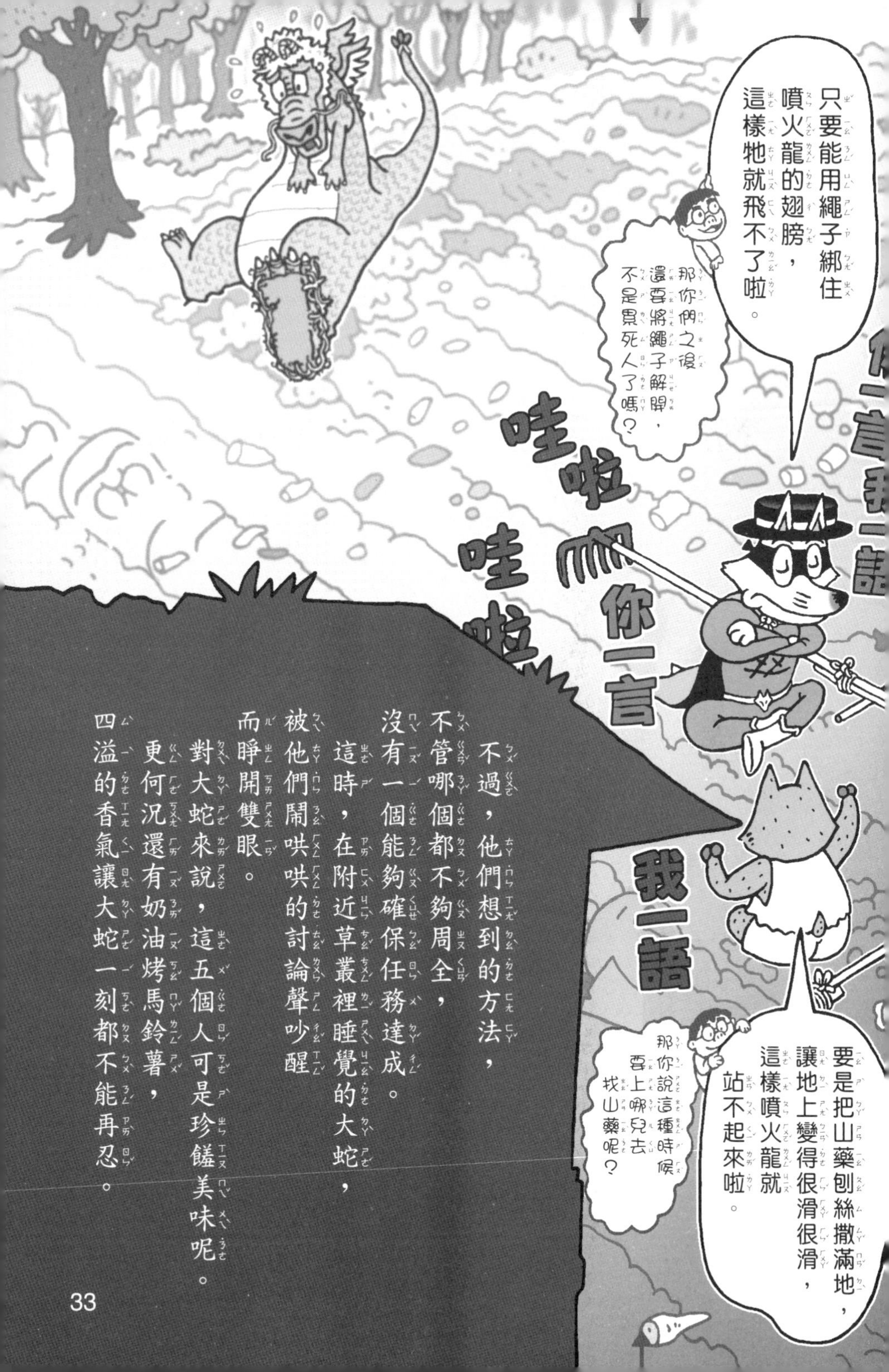
只要能用繩子綁住
噴火龍的翅膀，
這樣牠就飛不了啦。
那你們之後
還要將繩子解開，
不是累死人了嗎？
哇啦哇啦
哇啦哇啦
你一言我一語
你一言
我一語
要是把山藥刨絲撒滿地，
讓地上變得很滑很滑，
這樣噴火龍就
站不起來啦。
那你說這種時候
要上哪兒去
找山藥呢？

不過，他們想到的方法，
不管哪個都不夠周全，
沒有一個能夠確保任務達成。
這時，在附近草叢裡睡覺的大蛇，
被他們鬧哄哄的討論聲吵醒
而睜開雙眼。
對大蛇來說，這五個人可是珍饈美味呢。
更何況還有奶油烤馬鈴薯，
四溢的香氣讓大蛇一刻都不能再忍。

大蛇張大嘴巴，
打算一口氣
把五個人吞下肚，
因此牠猛烈的展開襲擊。

大家嚇得連忙四散開來，準備逃命去了。

不過，佐羅力看到大蛇的時候，

「有啦！」

似乎想出了什麼好點子。

他抓起伊豬豬烤好的奶油馬鈴薯——

開始往前奔跑。

大蛇聞到了佐羅力手上香氣四溢的奶油馬鈴薯，牠快速移動，朝著佐羅力追了過來。

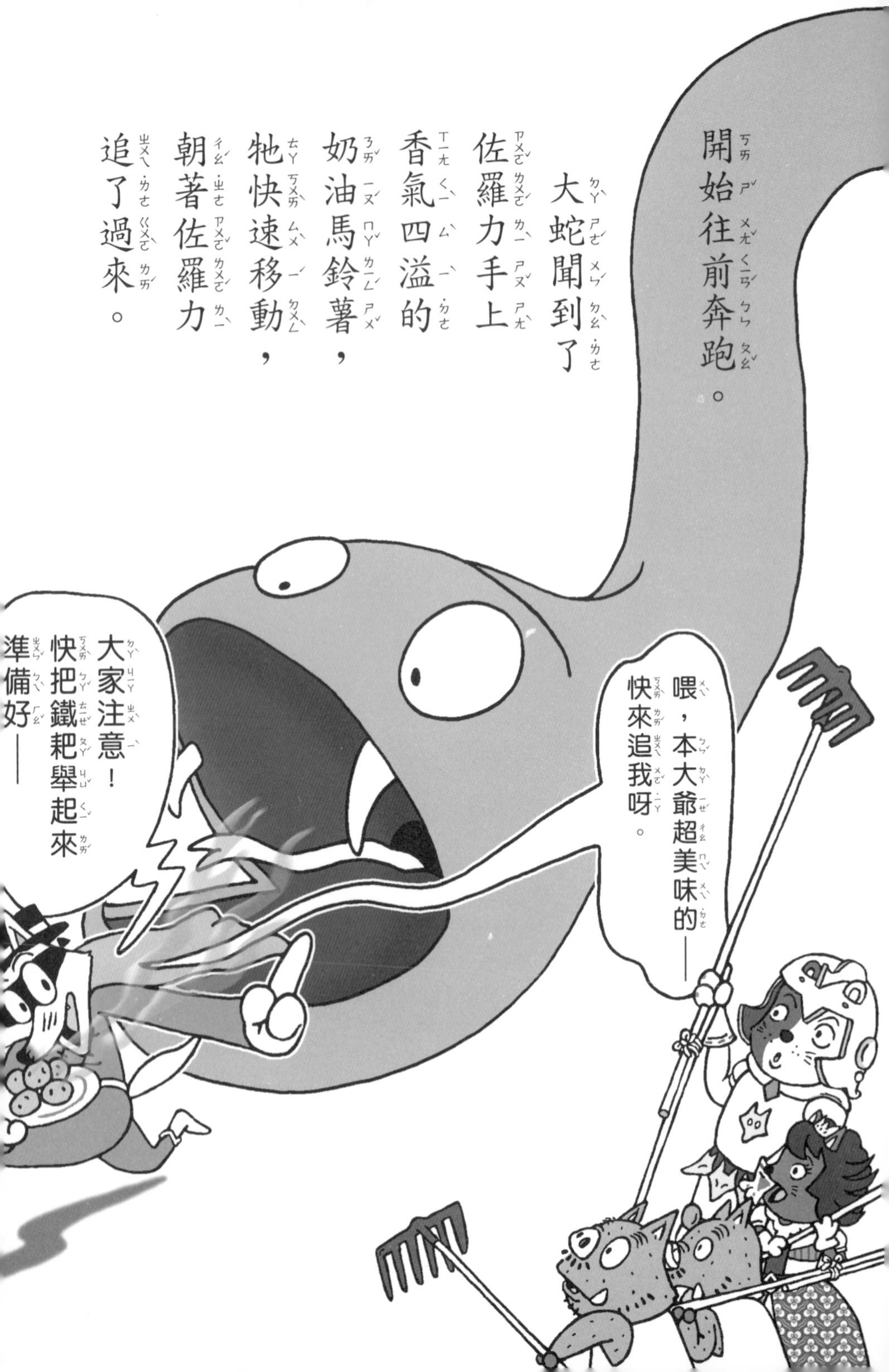
喂，本大爺超美味的——快來追我呀。
大家注意！快把鐵耙舉起來準備好——

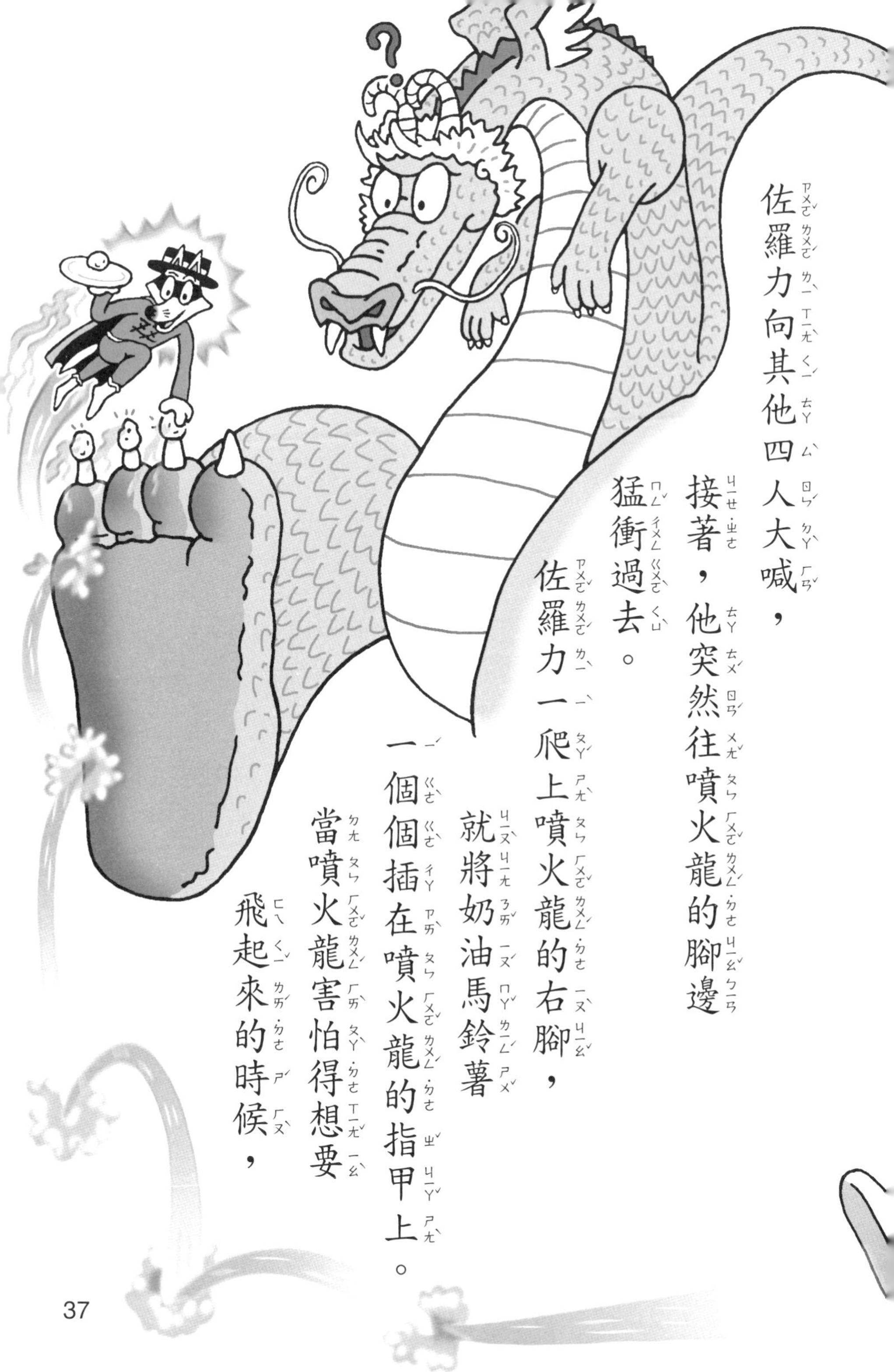

佐羅力向其他四人大喊，

接著，他突然往噴火龍的腳邊

猛衝過去。

佐羅力一爬上噴火龍的右腳，

就將奶油馬鈴薯

一個個插在噴火龍的指甲上。

當噴火龍害怕得想要

飛起來的時候，

大蛇追趕過來了，
牠朝著佐羅力和
奶油馬鈴薯，
張大嘴巴，
展開攻擊。

由於佐羅力飛快的
閃身逃跑，
噴火龍的右腳掌，
就這樣

咬住

整個塞進了大蛇的嘴巴裡。

大蛇知道要是在這個時候被想要往上飛的噴火龍帶往空中，那可就麻煩了，所以，大蛇連忙用自己的身體使勁纏住身邊的大樹。這麼做，噴火龍就沒辦法飛了。

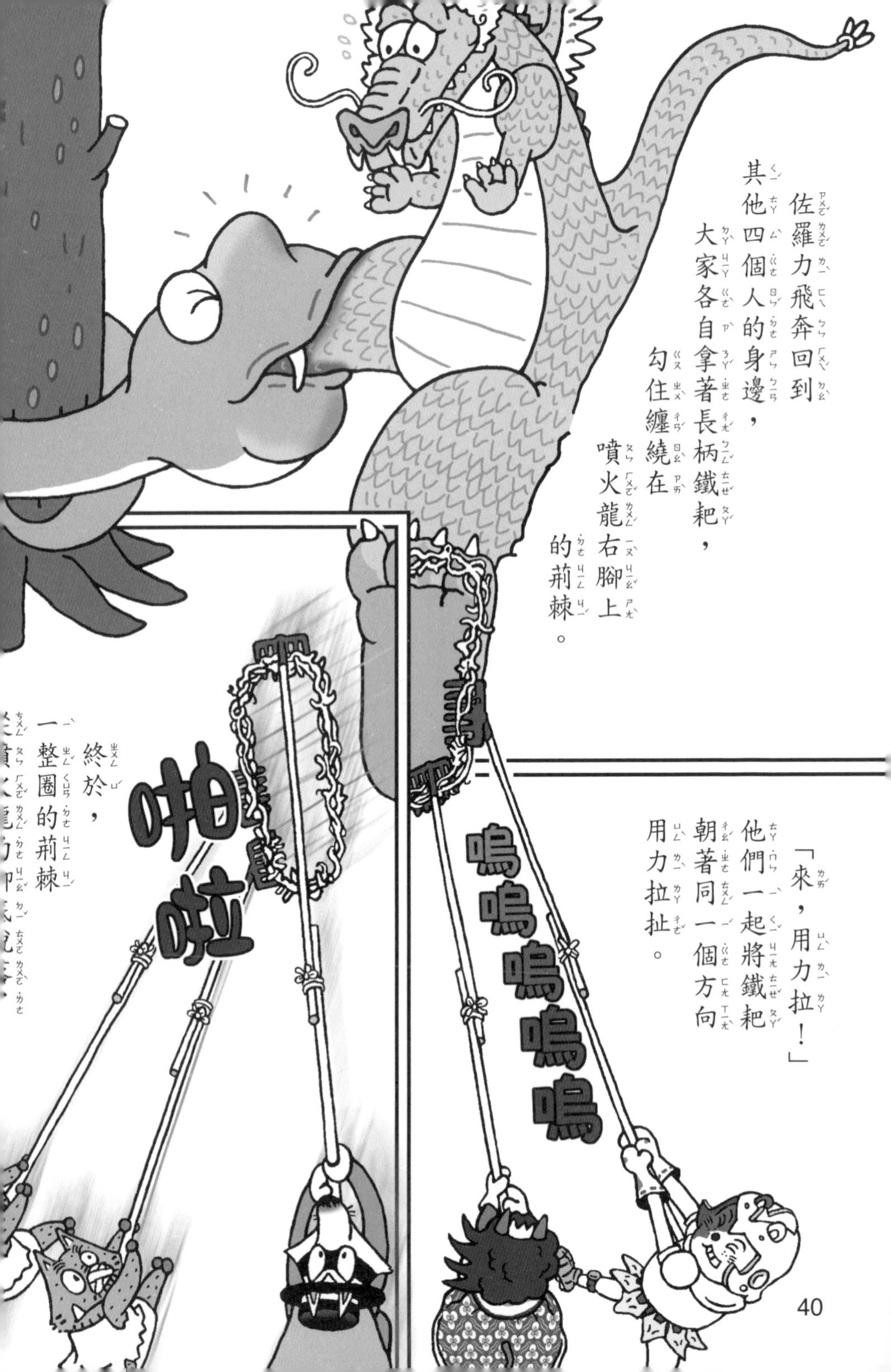

佐羅力飛奔回到
其他四個人的身邊，
大家各自拿著長柄鐵耙，
勾住纏繞在
噴火龍右腳上
的荊棘。
「來，用力拉！」
他們一起將鐵耙
朝著同一個方向
用力拉扯。
嗚嗚嗚嗚嗚
終於，
一整圈的荊棘
啪啦

「好耶——果然成功了！」

佐羅力他們紛紛發出歡呼聲，

之後，瑪莎說：

等等，萬一噴火龍腳上被荊棘刺到的傷口感染到細菌，牠的腳會變得更痛。那樣的話，牠可能因此又開始作亂。我們必須好好幫牠治療才行。

瑪莎從醫藥箱裡拿出治療用的外傷用藥。

不過——

　這時，
眼看著拼命想要飛上天的噴火龍，
就快要從大蛇的口中
抽出牠的右腳。
　已經沒有多餘的時間幫他進行治療了。
就在這個時候，伊豬豬和魯豬豬
從瑪莎手中的醫藥箱裡，
找到一瓶安眠藥。
「好，就讓我們來給噴火龍

吃下安眠藥吧。」

「對，讓牠把瓶子裡的藥全部吞進去，

牠一定會睡死的。」

「好主意，伊豬豬、魯豬豬，就交給你們啦。」

「遵命——」

伊豬豬和魯豬豬拿著安眠藥一起悄悄的飛撲到噴火龍身上，他們輕輕巧巧的往上爬。

他們兩個爬到噴火龍的臉上後，魯豬豬先朝著噴火龍的鼻孔搔癢。

這麼一來，忍不住想打噴嚏的噴火龍便不得不張大嘴巴。

「行了！魯豬豬！」

伊豬豬立即將全部的安眠藥，嘩啦嘩啦嘩啦嘩啦全丟進

噴火龍的嘴裡。

然而，

安眠藥卻這樣隨著噴嚏全部飛出來，一顆都不留。

「啊！」

「怎、怎麼辦！」

此刻還在噴火龍腳下，絲毫不清楚發生這狀況的——

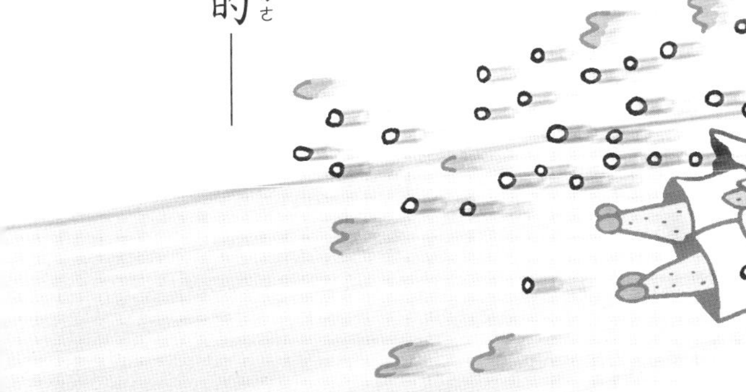

佐羅力他們，
還以為只要等噴火龍睡著，
就可以馬上進行治療，
他們把布朗提供的被單做成巨大的繃帶，
也將外傷用藥準備好，
沒想到，白色的藥丸卻從上方
像下雨般一顆顆灑落下來。

「啊，失敗了……」

難道，佐羅力只能眼睜睜看著

快要從大蛇口中脫身的噴火龍就這樣飛走嗎？

不過，就在下一個瞬間——

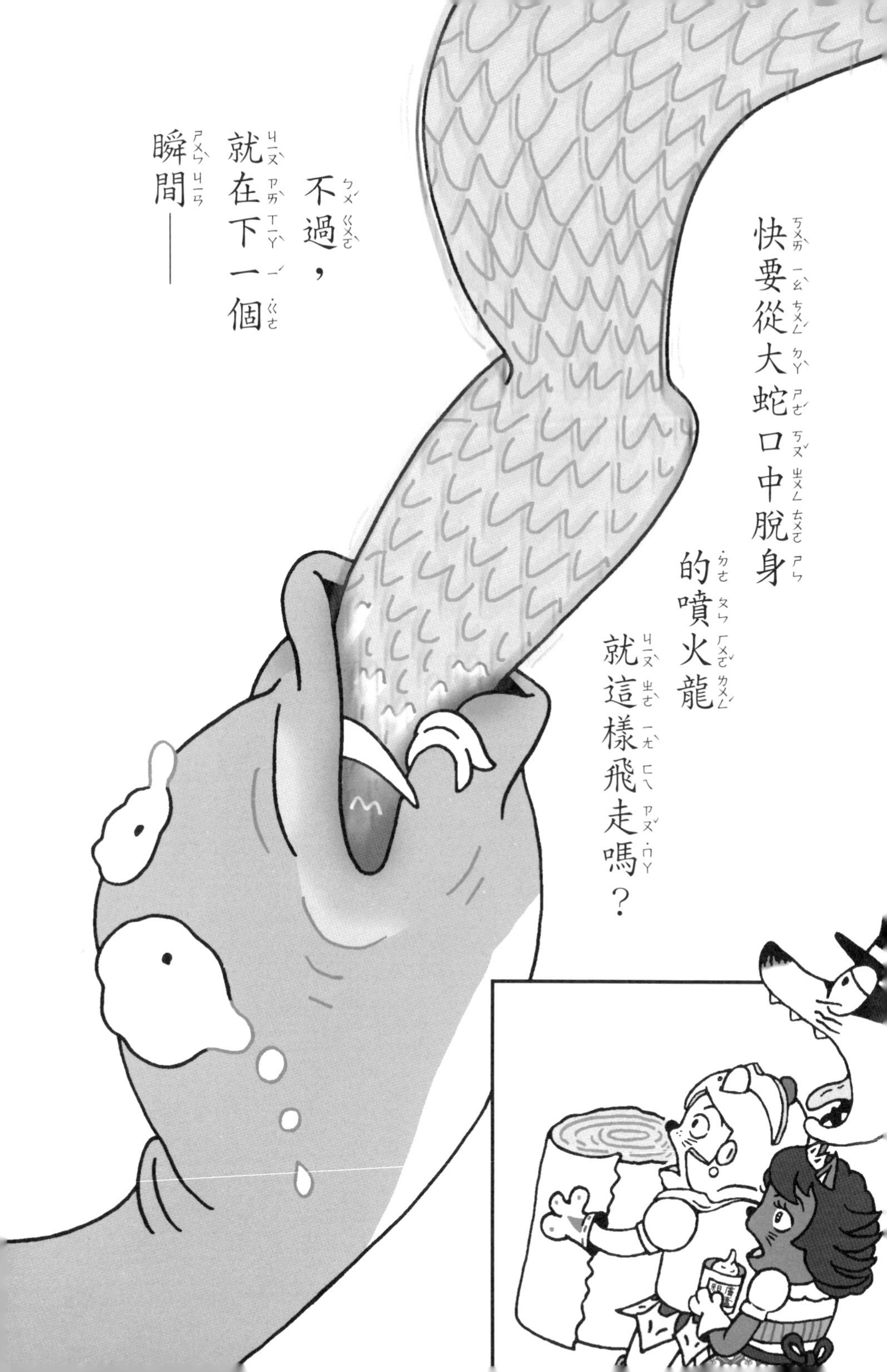

碰咚—咚

不知道怎麼一回事，
噴火龍居然就在他們面前
轟然倒地。
「發、發生什麼事了？」
佐羅力一抬頭，
看到伊豬豬和魯豬豬
正從噴火龍的鼻孔前方

縮回屁股，
一起往他們飛奔而來。
「對喔，原來還有這招，
你們的臭屁果然超強，
連噴火龍也無法抵抗，
只能昏死過去。
伊豬豬、魯豬豬，做得好哇。」
佐羅力立刻帶著大家
來到噴火龍身邊。

他們先幫噴火龍受傷的左腳敷上藥膏，再用床單做成的繃帶包紮起來。
呼——這樣就行了。這次瑪莎和阿爾薩爾都出了很多力喔。
等到噴火龍醒過來，牠應該已經不會痛了，能夠回自己家去啦。

太陽已經下山，時間不早了，你們也差不多該快點回家啦。
佐羅力正準備向瑪莎和阿爾薩爾告別——

嗯，佐羅力老師，你覺得我要到哪一天，才能夠像我爸爸一樣打敗噴火龍，成為一個了不起的國王呢？
面對著一臉認真的阿爾薩爾，佐羅力沒有回答。他就連一句安慰的話，也沒有辦法說出口。
阿爾薩爾帶著瑪莎，兩個人落寞的啟程回家。
佐羅力也只能無奈的目送他們兩人遠去的背影。
到了當天夜晚，佐羅力他們——

為了在野外露宿一晚，他們在附近尋找材料，作好準備。由佐羅力和伊豬豬把火升起來。魯豬豬則到河邊取水。

佐羅力大師，剛剛噴火龍已經醒過來，回家去了。我們這次做了好事耶。
不過，我剛才還是應該給阿爾薩爾一些自信和鼓勵，讓他覺得自己有一天一定能夠打敗噴火龍，當一個很棒的國王。

佐羅力其實很能體會像阿爾薩爾這樣

想要追趕上父親的心情，
他的情緒因此受到影響，
一直平靜不下來。

這時，

「我提水回來嘍。」

聽到魯豬豬完成任務回來，
佐羅力和伊豬豬轉頭一看，
他們的臉色瞬間變得慘白。

因為——

他們發現噴火龍的頭
從地面鑽出來，
正要張開大嘴吞掉
魯豬豬的腳。

佐羅力和伊豬豬
慌忙跑過去，
一左一右的扛起魯豬豬，

帶著他逃跑。

正當他們三個聯手對著噴火龍擺出防衛的架式時，

卻不禁一起詫異的放聲大叫。

原來那個冒出地面的噴火龍腦袋，是以前佐羅力他們設計用來嚇唬對手亞瑟的道具。

他們仔細往四周一看，發現噴火龍的其他零件也在洞穴裡散落得到處都是。

「所以說，

這裡就是本大爺當時
利用假造的噴火龍
和亞瑟互相爭奪艾露莎公主，
雙方展開戰鬥時的
那個洞穴嘍？」
這麼說來……

「這麼說，布朗先生就是當年那位被我們搶走關東煮攤子的店老闆呀？

原來如此，難怪他煮的關東煮味道會那麼令人懷念。」

「還有那隻大蛇！

牠就是那隻在這個洞穴裡吐出巨大三角飯糰的大蛇呀！」

現在，佐羅力總算把一切都連結在一起了。

原本佐羅力他們一直沒有目的地的到處旅行，想不到走著走著、轉著轉著，竟然又回到黑豹亞瑟統治的王國。

這表示——

既然阿爾薩爾是這個國家的王位繼承人，
那他無疑就是亞瑟與艾露莎的兒子。
「亞瑟那傢伙，
居然因為本大爺一手籌畫的『打敗噴火龍』事件
感到志得意滿，還成了英雄！
而且他一點都不知道
這件事對自己的兒子
造成多大壓力。
可憐的阿爾薩爾，

好，本大爺就為他策畫出比當年更強大的打敗噴火龍計畫，讓他在眾人面前贏得勝利！」

佐羅力心中再次燃起與亞瑟抗衡之火。

他馬上將洞穴中的噴火龍零件通通挖出來，收集在一起——

的祕密

接著將所有零件加以重組，讓傳說中的那隻噴火龍復活！

不只如此，佐羅力還添加了新功能，完成這隻改良版的新型噴火龍。

噴火龍飛彈
☆這是可以從鼻孔發射出來的飛彈。能夠選定目標，展開攻擊。
擴音器
☆會發出很可怕的吼叫聲，讓對手感到退卻。
手
☆雙手合併，手掌就變成沙發，只要坐上去，就算很疲累，也會感覺到放鬆與愉悅。
火焰發射器
☆可以非常精確的對準目標，一口氣噴射出火焰。

佐羅力站在全新完成的噴火龍面前，還把伊豬豬和魯豬豬叫過來，對他們說出接下來的計畫。

現在爲大家揭開 佐羅力新型噴火龍

章魚
☆嘴巴和吸盤可以緊緊的附著在任何東西上。
☆從腳通到手的祕密通道，在伊豬豬的那一側也有唷。
☆左腳裡頭的機關，由伊豬豬負責，他操控噴火龍飛彈和火焰發射器。
好，準備集合嘍——
☆右腳的機關，由魯豬豬負責，他操控手部和尾巴的運作，並且能讓噴火龍發出吼叫聲。
☆這個裝設在腳後跟的輪子，一旦向後轉動，噴火龍就會立刻像踩到香蕉皮一樣，猛的一滑，往後仰倒。

以前本大爺打算用這隻噴火龍給亞瑟重重一擊，卻因為你們兩個出了差錯，最後失敗了。
佐羅力大師，真的很對不起。
這次我們一定會好好表現給您看的。
咦！
為什麼？
不，這一次我希望你們可以重蹈覆轍，再次被打敗。

第二天，

聽好了，阿爾薩爾幫助真正的噴火龍拔掉荊棘而有了勇氣，他也是一個新英雄，對吧？所以，本大爺一定要讓亞瑟親眼看到阿爾薩爾將噴火龍擊退的樣子。你們就利用腳後跟的輪子，來一個比之前更誇張的摔跤姿勢，好叫亞瑟看看阿爾薩爾有多酷、多厲害！
遵命！

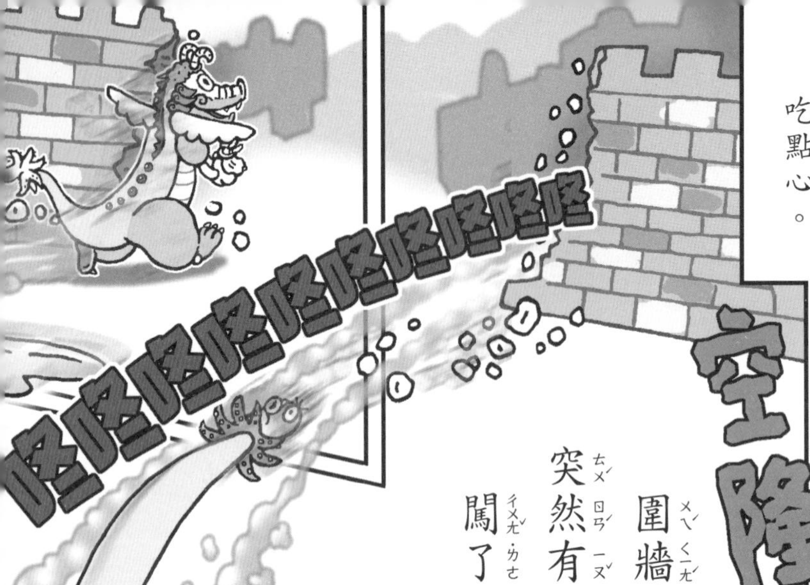

阿爾薩爾和瑪莎正在城堡內的庭院吃點心。

圍牆瞬間遭到破壞，突然有一隻噴火龍闖了進來。

噴火龍一把將嘴裡塞滿草莓奶油蛋糕的瑪莎擄走，並且在轉眼間逃離庭院。

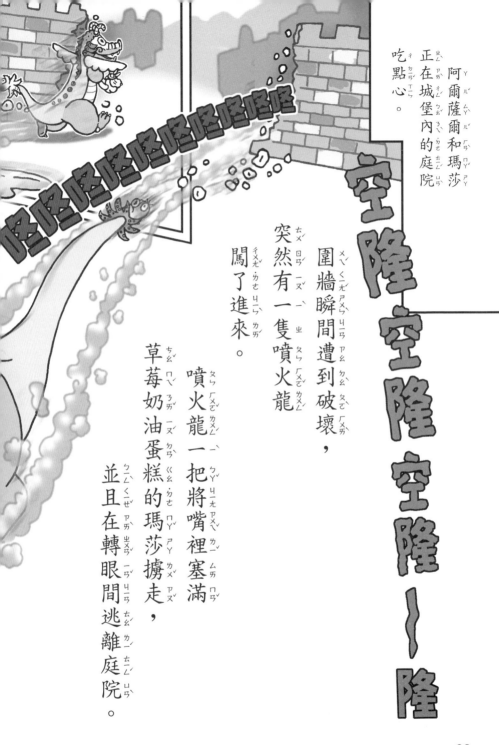

由於事出突然，在一旁的阿爾薩爾都驚呆了——

阿爾薩爾，你期待已久的打敗噴火龍機會來了！快換上這身裝備去拯救瑪莎吧！

這時怪傑佐羅力變身後，英姿煥發的現身了。

「啊，是佐羅力老師。」

好不容易回過神來的阿爾薩爾，把佐羅力拿來的盔甲和武器全數穿戴好。

佐羅力趁機將一封

收件人寫著亞瑟的信件，
交給在一旁發抖的奶媽。

接著，他對阿爾薩爾說：

「準備好了吧？阿爾薩爾。

走吧，我們出發了。」

兩個人循著噴火龍的足跡追向前去。

奶媽只好急忙拔腿狂奔，
將手上的信件送給國王亞瑟。

那封信上寫著——

你所知道·ㄉㄜ那個洞穴，又出現噴火龍了！

這樣的內容。

聽到奶媽趕過來報告說瑪莎被噴火龍擄走，阿爾薩爾也尾隨噴火龍追去時，艾露莎當場痛哭失聲。

亞瑟，你一直是一位英雄。請你像之前拯救我一樣，立刻前去將孩子們從噴火龍手上救回來呀。

「理應如此，馬上給我召集軍隊！」

亞瑟立即向侍衛下達命令。

但是這個國家已經很久沒有發生戰鬥，一時半刻之間也很難將深鎖在庫房裡面的武器和盔甲取出來，更沒有辦法很快準備好數量足夠的馬匹。

由於發生了這種臨時的狀況，導致城堡內一團混亂。

就在大家為了準備追擊而疲於奔命的時候——

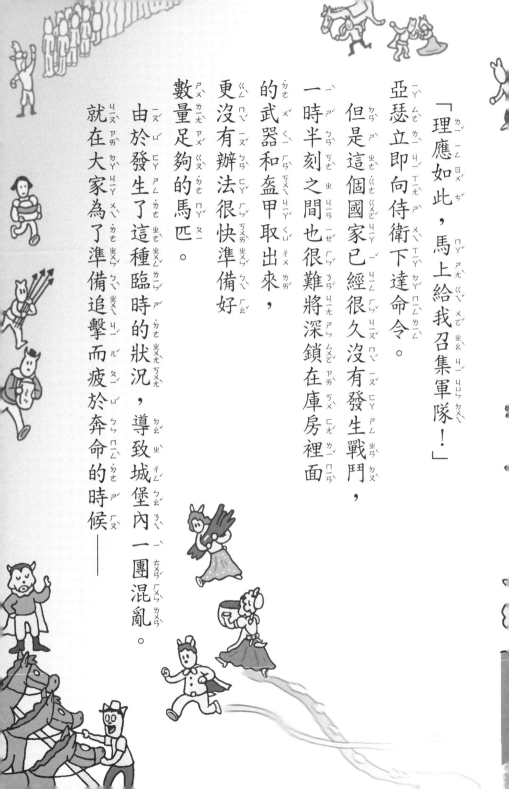

佐羅力和阿爾薩爾已經抵達洞穴。

「去吧，進去裡面打敗噴火龍，將瑪莎救出來！」

「那個……佐羅力老師，我一個人有辦法打敗噴火龍嗎？」

事到臨頭突然感到膽怯不安的阿爾薩爾詢問佐羅力。

你當然可以啦，為了弄掉荊棘，
你不是都有勇氣去挑戰那麼巨大的
噴火龍了嗎？

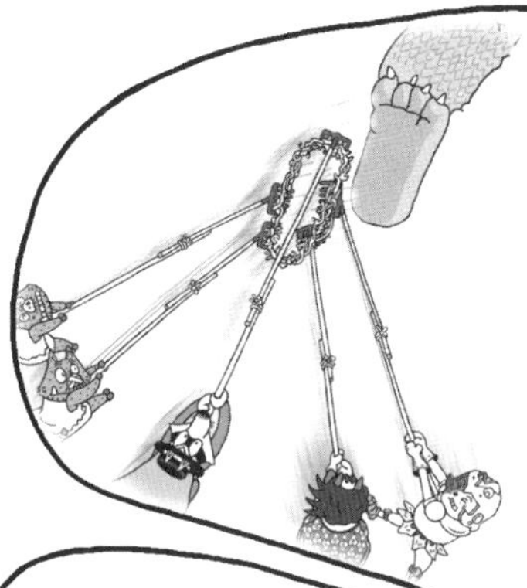

只要你善用本大爺精心打造的武器裝備，
躲開噴火龍的攻擊。
要是他朝你飛撲而來，
你就舉起這把劍對準牠的肚子砍下去，
就算你快被牠踩扁了，
也絕對不要害怕、不能退縮。

「知道了！」

因為聽了老師的一席話而不再猶豫的
阿爾薩爾，筆直的走進洞穴裡——

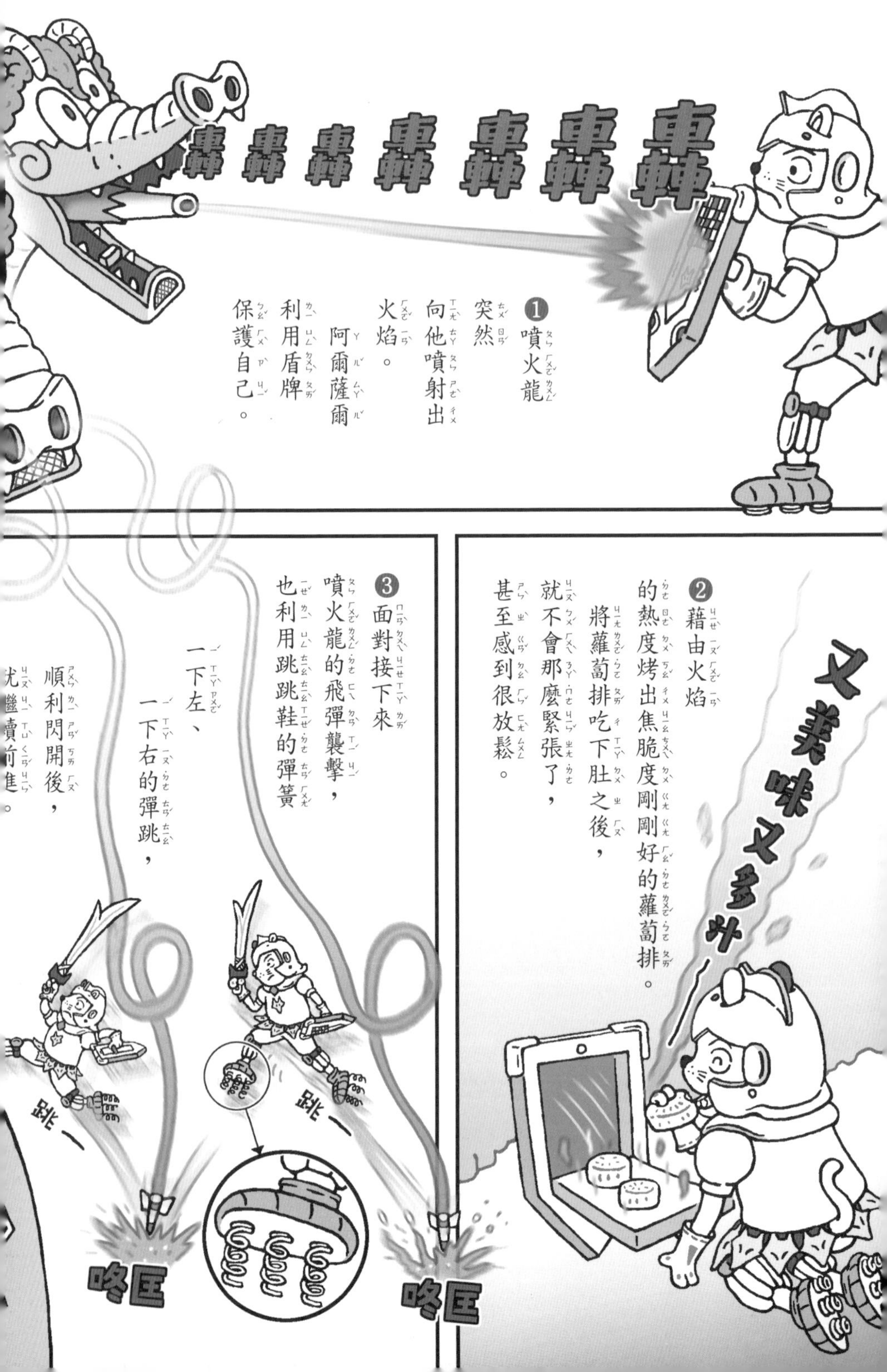

轟轟轟轟轟轟轟
❶噴火龍突然向他噴射出火焰。
阿爾薩爾利用盾牌保護自己。
❷藉由火焰的熱度烤出焦脆度剛剛好的蘿蔔排。
將蘿蔔排吃下肚之後，就不會那麼緊張了，甚至感到很放鬆。
又美味又多汁～
❸面對接下來噴火龍的飛彈襲擊，也利用跳跳鞋的彈簧
一下左、
一下右的彈跳，
順利閃開後，
就繼續前進。
跳一
跳一
咚匡
咚匡

4 當然，因為操控噴火龍的是伊豬豬和魯豬豬。他們一直謹守著不傷害阿爾薩爾的原則。接著，魯豬豬依照佐羅力的吩咐，讓噴火龍發出陣陣吼叫聲。

5 噴火龍吼叫的聲音響徹洞穴，阿爾薩爾聽了不由得受到震懾因而動彈不得。不過，

這時阿爾薩爾想起一件事，他記得佐羅力替他打造的頭盔裡面附有阻斷聲音的噪音消除系統。

於是，他立刻按下頭盔兩側的按鈕，果然四周立刻變得安靜無聲。

這樣一來，
他就不會因為
噴火龍轟隆的吼叫聲
而感到害怕、退縮了。
阿爾薩爾高舉著寶劍，
抬頭挺胸繼續往前進。
他終於要和噴火龍
展開正面對決了。
就在這個時候，

亞瑟帶領軍隊
抵達洞穴入口。
因為擔心孩子的安全
而獨自衝進洞穴中的亞瑟，
一時之間不敢相信
自己的眼睛。

糟了！

矗立在洞穴裡的，
是他過去為了拯救艾露莎

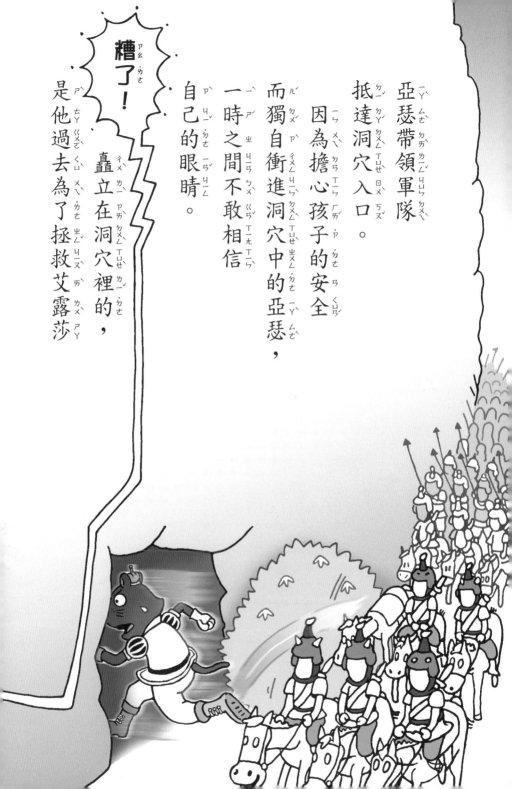

而對戰過的噴火龍。
現在，噴火龍手上抓的
正是他的女兒瑪莎。

至於站在噴火龍面前的，
正是他的兒子阿爾薩爾。
「孩子們，別怕，
我現在就去救你們。」
亞瑟轉身面向洞穴入口，
打算將軍隊叫進來。

「你給我等一下！」

佐羅力及時現身

阻止亞瑟的行動。

「啊，佐羅力！

那隻噴火龍果然是你唆使的。

快說，你打算對我的孩子們

怎麼樣？」

「亞瑟，阿爾薩爾非常勇敢，

他正準備與噴火龍對決，請你在一旁看著，不要插手。」

儘管佐羅力這麼說，

但是曾經與噴火龍對戰過的亞瑟，

此刻正強烈感受到孤單一人的阿爾薩爾，

內心會是多麼恐懼。

他怎麼願意讓孩子身陷險境呢？

亞瑟按捺不住喚來軍隊，

就在他們全軍集結，

準備展開突襲的時候，

亞瑟卻突然——

閉緊嘴巴不再說話。

因為他看到阿爾薩爾

往噴火龍靠近了一步。

那需要多大的勇氣啊？

亞瑟站在一旁靜靜看著沒出手。

「這樣就對了，要相信阿爾薩爾嘛。」

正當佐羅力這麼說

的時候，

噴火龍發出一陣凶猛的吼叫聲，

吼歐歐歐——歐

震動了洞穴，
就連士兵們也嚇得簌簌發抖。
不過，這個叫聲卻傳不到阿爾薩爾的
耳朵裡。
最後，將噴火龍
逼到洞穴深處的阿爾薩爾，
高高舉起寶劍。

這時，藏身於噴火龍腳部裡面的

伊豬豬和魯豬豬起了爭執。

「現在就由我來操控右腳跟來個精采的滑倒。」

魯豬豬說。

「不，由我來才對，我先操控左腳滑倒。」

伊豬豬反駁道。

「我來！」

「我來！」

兩個人都想來個酷炫的滑倒，
好能得到佐羅力的讚賞。
就在阿爾薩爾突然
將寶劍用力一揮的時候，
兩個人也正競相
狂轉輪子，
他們各自讓噴火龍的
腳後跟往後一滑，
結果——

這一跤實在滑得太過猛烈，
噴火龍居然撞毀了背後的山壁，
整個飛出洞穴外，接著還一路往下滑，
幸好尾部的章魚嘴和吸盤
牢牢吸附在懸崖絕壁的嶙峋岩石上，
才驚險停住。
最後瑪莎只能雙手死命的
抓住倒掛在那兒搖搖晃晃
的噴火龍。

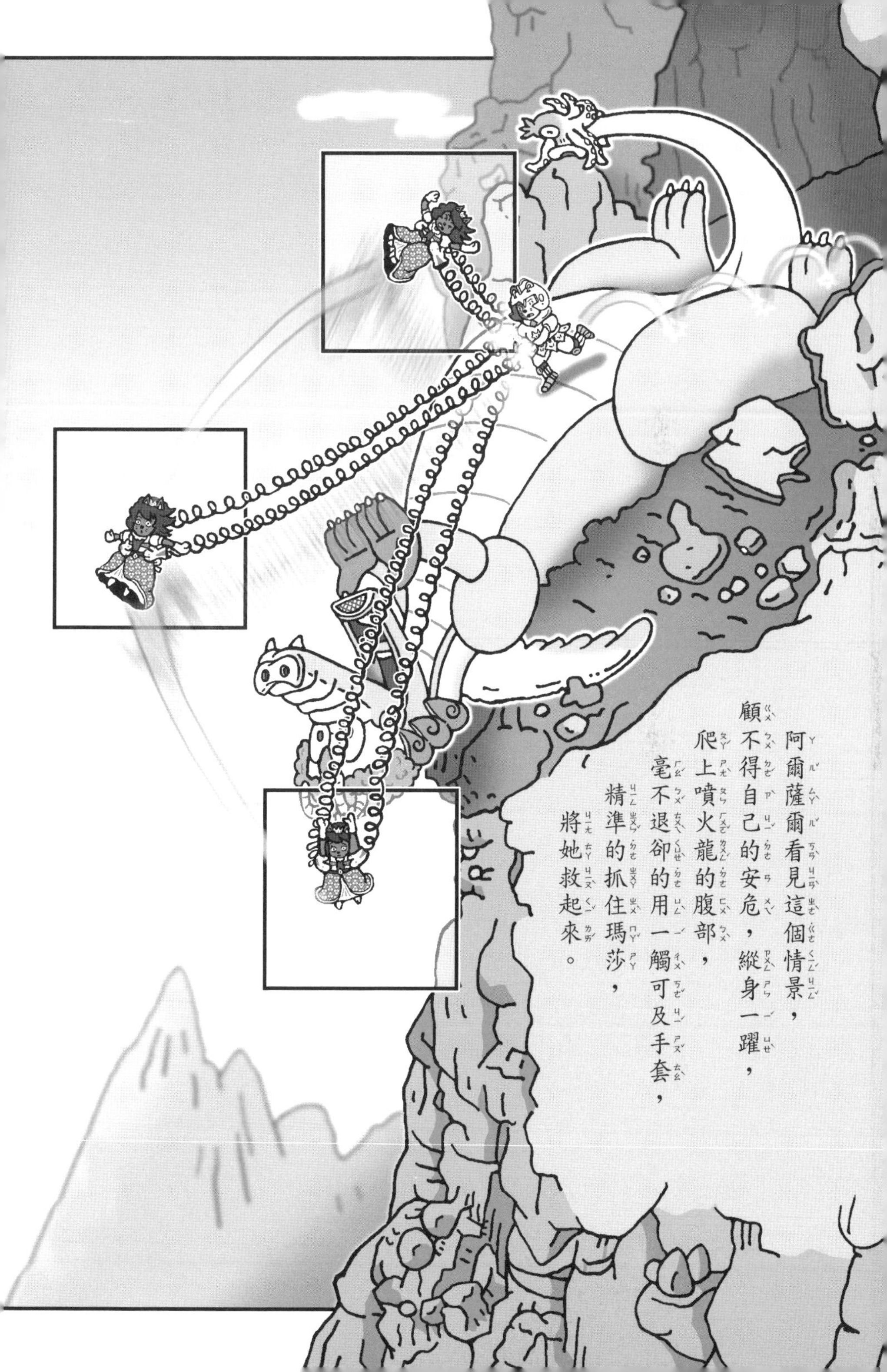

阿爾薩爾看見這個情景，
顧不得自己的安危，縱身一躍，
爬上噴火龍的腹部，
毫不退卻的用一觸可及手套，
精準的抓住瑪莎，
將她救起來。

阿爾薩爾一臉自信的將瑪莎帶回來。

佐羅力拍拍他的肩膀說：

「阿爾薩爾，你一定也會是一個偉大的國王。」

接著，佐羅力走到亞瑟身邊，

「作為爸爸媽媽，默默在一旁守護孩子，也需要像擊倒噴火龍般的勇氣吧。

不過，信任孩子，

也是父母該做的事啊。

亞瑟，你已經擁有一個值得信任的繼承人了，

過去稱讚稱讚他吧。」

佐羅力推著亞瑟向阿爾薩爾走去。

「太好了，瑪莎。

你真棒，阿爾薩爾！」

因為看到阿爾薩爾和瑪莎都平安無事，

亞瑟開心的將兩人擁入懷裡。

站在洞穴入口，那些親眼目睹阿爾薩爾英勇行動的隨從們，也都感到十分激動。

「阿爾薩爾王子，我們這就去將您所打敗的噴火龍運上來，好讓我們雷巴納王國的國民一起來瞧一瞧。」

大家一邊說，

一邊就要往洞穴深處走去。
要是讓他們仔細查看噴火龍，
那麼這是一隻人工製造噴火龍的祕密，
就一定會曝光，
那可就慘了。

對了，伊豬豬和
魯豬豬他們兩個呢？
他們是否從墜落的噴火龍那兒
平安逃出來了呢？

還沒有！
他們兩個
依然在噴火龍內部，
正急著鑽入祕密通道，
往噴火龍的手部移動。
這時候，
佐羅力也正要從噴火龍的嘴巴進入。

情況非常危急，因為阿爾薩爾他們的喧鬧聲已經越來越靠近了。

「我要下去嘍！」

佐羅力急急忙忙進入噴火龍，他跑向噴火龍的尾部，將原本吸附在崖壁上的章魚嘴和吸盤鬆開。

轟隆轟隆咻ー咻

噴火龍在轉眼間墜落谷底。

「啊，晚了一步。」

隨從們感到非常沮喪，

不過，

阿爾薩爾已經確確實實的打敗了噴火龍。

這完全是因為

受到佐羅力老師鼓勵的緣故！
阿爾薩爾很想向佐羅力老師好好道謝，
但是，不管他如何四處搜尋，
卻怎樣也找不到佐羅力的身影。

至於
那隻載著
佐羅力他們三人
直接往山谷墜落的
噴火龍——

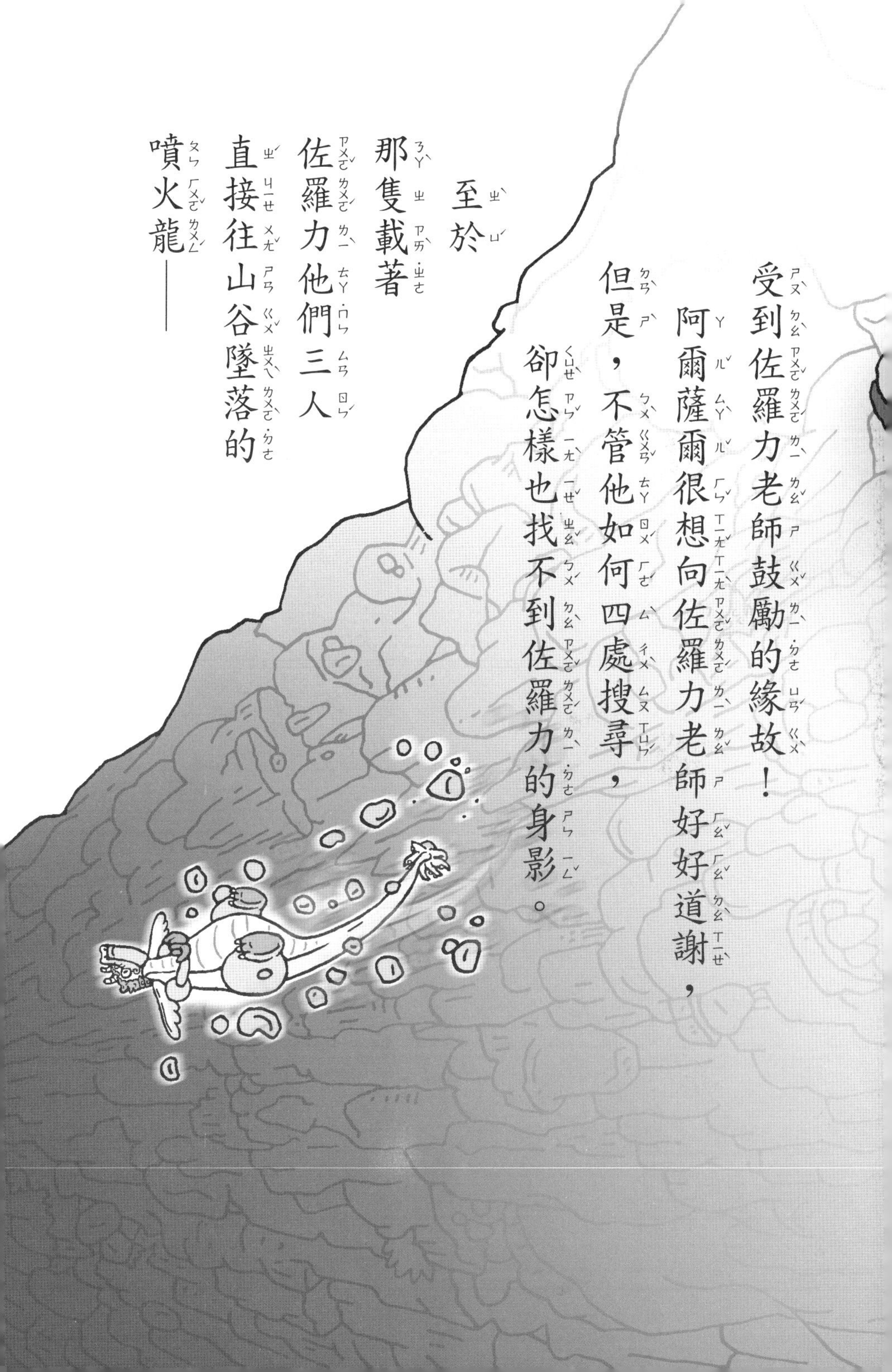

在噴火龍墜落到
從懸崖上無法看見的地方時，
佐羅力讓噴火龍的背部與主體分離，
變成滑翔翼，
一舉飛上空中。

就這樣，
人造噴火龍從大家的眼前
消失了，
絲毫未留下一點證據，
也不會讓阿爾薩爾
有受挫的機會，
這完完全全滿足了
佐羅力的計畫。

佐羅力大師，那個阿爾薩爾和亞瑟，他們一定都很感謝您呢。如果我們現在回去，應該會獲得獎賞對吧？
對耶，至少也會幫我們準備好吃的吧。
本大爺呢，可是已經死皮賴臉的要求獎賞了喔，嘻嘻呵呵。
那些寫了死皮賴臉要求的信件，

此刻正從阿爾薩爾脫下來的頭盔裡掉了出來。
其中一封是寫給阿爾薩爾的。
阿爾薩爾：
如果你想要感謝本大爺ㄉㄜ話，
本大爺希望你送一臺關東煮攤車，
給被噴火龍毀掉菜園ㄉㄜ布朗先生。
要是他煮的那樣ㄉㄜ好味道
輕輕飄落

消失ㄉㄜ˙話，
実在很可惜，
而且本大爺很希望
布朗先生也能往前踏出一步，
走向新ㄉㄜ˙人生。
怪傑佐羅力
真不愧是佐羅力老師。
一想到布朗先生
歷經了那麼多波折，
還因此對人生感到灰心，
我也希望能夠為他
多做一點什麼呢。
至於另一封信，

是寫給亞瑟的。

亞瑟：
聽說你對之前打敗噴火龍這件事感到
志得意滿，還成為口耳相傳˙ㄉㄜ英雄。
我勸你最好注意啦，
像這種炫耀自己˙ㄉㄜ事蹟，
要是讓孩子們因此有了壓力，
最後是會走上絕路的。
怪傑佐羅力

沒有啊、我並沒有志得意滿啊。
來，大家快來聽我說。不只我的老公亞瑟打敗過噴火龍，我的兒子阿爾薩爾也打敗過噴火龍耶。你們看，我們一家就出了兩位英雄，很厲害吧？是不是超級厲害的呢？

看來真正造就亞瑟大英雄形象的人，其實是艾露莎呢。

此時，佐羅力和伊豬豬、魯豬豬，正搭乘滑翔翼，隨著舒爽的風兒飛翔於空中。
我說，你們兩個讓噴火龍摔倒時，那個勁道也太猛了吧。如果噴火龍的尾巴沒能及時吸住岩石崖壁，直接墜落山谷的話，一切不都完了？
對不起——佐羅力大師，那時一不小心滑過頭了。
話說回來，當年我們偷走布朗先生的關東煮攤車，結果害得他因此對人生失去信心哪。
不過，也是因為我們那個時候突襲了關東煮老闆，才能夠遇到佐羅力大師啊。
那個關東煮好好吃喔——

呼——想不到亞瑟竟然有兩個那麼棒的小孩，真是讓我嚇一跳呢。本大爺可是有志要成為一位比亞瑟更了解小孩心情的好爸爸呀。世上的淑女們，為什麼你們都不了解這一點呢？
不過，布朗先生將會收到阿爾薩爾贈送給他的關東煮攤車，他又可以開始擺攤做生意，真是太好了。

●作者簡介

原裕 Yutaka Hara

一九五三年出生於日本熊本縣，一九七四年獲得KFS創作比賽「講談社兒童圖書獎」，主要作品有《小小的森林》、《手套火箭的宇宙探險》、《寶貝木屐》、《小噗出門買東西》、《我也能變得和爸爸一樣嗎？》、【輕飄飄的巧克力島】系列、【膽小的鬼怪】系列、【菠菜人】系列、【怪傑佐羅力】系列、【鬼怪尤太】系列、【魔法的禮物】系列等。

●譯者簡介

周姚萍

兒童文學創作者、譯者。著有《我的名字叫希望》、《山城之夏》、《妖精老屋》、《魔法豬鼻子》等作品。譯有《大頭妹》、《四個第一次》、《班上養了一頭牛》、《那記憶中如神話般的時光》等書籍。曾獲「文化部金鼎獎優良圖書推薦獎」、「聯合報讀書人最佳童書獎」、「幼獅青少年文學獎」、「國立編譯館優良漫畫編寫」、「九歌年度童話獎」、「好書大家讀年度好書」、「小綠芽獎」等獎項。

國家圖書館出版品預行編目資料

怪傑佐羅力之打敗噴火龍2
原裕 文、圖；周姚萍 譯 --
第一版. -- 臺北市：親子天下, 2021.06
104 面 ;14.9x21公分. --（怪傑佐羅力系列；58）
注音版
譯自：かいけつゾロリのドラゴンたいじ 2
ISBN　978-957-503-973-8（精裝）
861.59　　110004015

かいけつゾロリのドラゴンたいじ 2
Kaiketsu ZORORI Series Vol. 63
Kaiketsu ZORORI no Dragon Taiji 2

怪傑佐羅力系列 58

怪傑佐羅力之打敗噴火龍2

作者｜原裕（Yutaka Hara）
譯者｜周姚萍

責任編輯｜張佑旭
特約編輯｜游嘉惠
美術設計｜蕭雅慧
行銷企劃｜劉盈萱

天下雜誌群創辦人｜殷允芃
董事長兼執行長｜何琦瑜
兒童產品事業群
副總經理｜林彥傑
總編輯｜林欣靜
主編｜陳毓書
版權主任｜何晨瑋、黃微真

出版者｜親子天下股份有限公司
地址｜臺北市 104 建國北路一段 96 號 4 樓
電話｜（02）2509-2800
傳真｜（02）2509-2462
網址｜www.parenting.com.tw

讀者服務專線｜（02）2662-0332
週一～週五：09：00～17：30
讀者服務傳真｜（02）2662-6048
客服信箱｜parenting@cw.com.tw
法律顧問｜台英國際商務法律事務所・羅明通律師
總經銷｜大和圖書有限公司
電話｜（02）8990-2588

出版日期｜2021 年 6 月第一版第一次印行
2022 年 9 月第一版第四次印行
定價｜300 元
書號｜BKKCH027P
ISBN｜978-957-503-973-8（精裝）

訂購服務
親子天下 Shopping｜hopping.parenting.com.tw
海外・大量訂購｜parenting@cw.com.tw
書香花園｜臺北市建國北路二段 6 巷 11 號
電話｜（02）2506-1635
劃撥帳號｜50331356 親子天下股份有限公司

人氣前十名的布朗先生關東煮單品

①蘿蔔	②蛋	③魚肉山芋餅	④馬鈴薯	⑤肉丸子
⑥蒟蒻	⑦維也納香腸	⑧竹輪麩	⑨油炸豆腐	⑩章魚腳